ÉPITRE

A

M. THÉODORE JULLIEN

A

THÉODORE JULLIEN

MEMBRE DE L'ACADÉMIE IMPÉRIALE DE REIMS

A L'OCCASION DE

SON ÉTUDE HISTORIQUE, PHYSIOLOGIQUE, HORTICOLE ET ENTOMOLOGIQUE SUR LA ROSE

ENVOI

Si là-bas ton Académie,
Que je respecte infiniment,
Un soir te semblait endormie
Par un orateur endormant;
En lui criant : ma Mie ! ma Mie !
Réveille-la subitement
Pour lui réciter doctement
Mon antienne où, Dieu sait comment,
J'ai fait l'éloge de *ta Rose*
Et parlé de mainte autre chose
A la diable, et par trop crûment.

1863

— Je me suis écarté, sans doute,
De mon sujet — mille pardons ! —
Sur les grands chemins l'âne broute,
S'arrêtant à tous les buissons.
Mettez des roses sur sa route,
Il leur préfère des chardons.

— Si tu cherchais une préface
Pour ta seconde édition,
Prends mes vers, et grand bien te fasse !
Mais gare aux frais d'impression !

FRÉDÉRIC JUDEX.

ÉPITRE

Que de remercîments mérite
L'aimable envoi que tu me fais !
En lecteur des plus satisfaits,
Cher auteur, je te félicite.

J'ai reçu ton livre au palais,
Alors que, Minos émérite,
Sur mon siége je m'étalais.

— De ma session je suis quitte...
Et je t'expédie au plus vite
Des vers pressés de voir le jour,
Et baclés à la cour d'assise
Par un assesseur à la cour...
Qui dit assesseur dit sottise,
Je crains bien d'avoir *fait un four*,
Autrement dit, une bêtise.
Songe que je rimais pendant
Les résumés du président ;
Que je te lisais en cachette
Quand le jury se retirait

Dans sa salle, et délibérait,
La cour étant à la buvette.

Tu viens d'embaumer le séjour
Où la justice inexorable
Applique la peine au coupable.
Là plus d'odeurs de basse-cour,
Mais la senteur la plus exquise
Qui de *ta Rose* s'exhalant,
Produisit l'effet d'une prise
De bon tabac de Maryland,
Moins toutefois l'éternument.
Je le dis en toute franchise,
Enfoncé le *numéro cent!*
— Dans ce lieu de crime et de sang,
Je parle de la cour d'assise,
Et mon style, hélas! s'en ressent;
Dans ce vilain lieu, d'ordinaire,
Ce n'est pas la rose qu'on sent.
Pivert aurait là fort à faire.
Il s'y croirait en certain lieu
Que le chantre du maire d'Eu,
Vatout, l'ennemi de l'algèbre,
En France a rendu fort célèbre
Quand régnait le juste-milieu.

— Ton livre, je te le répète,
Que je veux relire en repos,
M'est arrivé fort à propos,
Comme eût fait une cassolette
Remplie et de myrrhe et d'encens,
Parfums qui ravissent les sens.

Ce livre charmant sur la *Rose*.
Etude fraîchement éclose
De ton poétique cerveau ;
Je l'ai lu, ce poëme en prose,
En m'écriant : Bravo ! bravo !
A chaque ligne, à chaque page.
Je me suis, à plus d'un passage,
Souvenu du mot de Solon,
Ce grand législateur, ce sage,
Le flambeau de l'Aréopage,
Qui parlait peu dans un salon.
Il y tint un jour ce langage :
« Deux œuvres parfaites des dieux
« Ce sont, et la femme, et la rose. »

— Défendons l'une et l'autre cause.
Le poëte, ici faisant mieux,
Quand son sujet à lui s'impose,
Pour la Rose seule a des yeux.

Dans un style où tout est image,
Avec les plus vives couleurs,
Tu nous peins la reine des fleurs
Qui se mire dans ton ouvrage
Comme dans l'onde d'un ruisseau.
De grâce ainsi que d'élégance,
De goût, d'esprit et de science,
En te jouant tu fais assaut.
Quel coloris dans ton pinceau !
Quel adorable badinage !
Il faudrait être un Hottentot,
Un rustre, un butor, un sauvage,
Insensible à toute beauté,

Pour ne pas se plaire à cette œuvre
Où revit notre *Redouté.*

— Parlons un peu de ton chef-d'œuvre :
Sans le chercher ou le cherchant,
Tu t'es montré, foi de poëte !
Gai, spirituel ou touchant.

J'ai pleuré la pauvre *Fleurette*,
Et j'ai ri de tes limaçons
Et de leurs amours dont tu gloses
Sans découvrir le pot aux roses.
Je les prenais pour des glaçons ;
Avec quel art tu nous exposes
Qu'ils sont brûlés de mille feux.
La passion seule en est cause.
Qui diable eût soupçonné la chose
De la part de pareils baveux ?
En nous racontant leur histoire,
Tu risquais fort d'être scabreux,
Et tu n'as rien de graveleux :
Par ma foi, c'est à n'y pas croire.
— De tes limaçons amoureux
Tu nous fais voir l'un qui de père
Va devenir mère à son tour,
Et ce couple faisant l'amour
De la plus grotesque manière
(Chacun le fait à sa façon),
Si bien que chez le limaçon
(Insondable et plaisant mystère !)
On est alternativement
Tantôt papa, tantôt maman.

— Un soir, tu rencontres nos drôles
Jouant au milieu du chemin
Au masculin, au féminin,
Et tous les deux à tour de rôles...
De cet affreux *méli-mélo*
Tu fais le plus piquant tableau.

Passons — plus loin tu nous rappelles
Les rosières de Salency,
Jeunes toujours, rarement belles.
Mais quand on les couronne ainsi,
Couronne-t-on bien des pucelles ?
J'ai vu, faut-il le dire ici?
Hélas ! j'ai vu chez l'une d'elles
La rose changée en souci.
Un limaçon avait, sans doute,
Le diable aidant, passé par là,
Et s'était trouvé sur sa route ;
Car au bout de trois mois, voilà
Que la pauvrette dans sa couche
De rosière un matin fit souche.

— Sous la forme d'un limaçon,
Satan, cet archange rebelle,
Ce damné, ce vieux polisson
Avait fait des traits à la belle.
Retenons bien cette leçon :
En Jeanne d'Arc fille qui pose
A Belzébuth ou ses suppôts
Doit répéter à tout propos :
Satan, tu n'auras pas ma rose.

Mais je reviens à mes moutons,
Aux agréments de ton volume.
Tu sais y prendre tous les tons,
J'en excepte un ton d'amertume.
Ton livre, avec talent, résume
Les préceptes du jardinier
Touchant la rose et le rosier.
Pour en faire aimer la culture,
Tu mets à contribution
Et l'histoire et l'horticulture ;
Et puis, avec discrétion,
Tu fais de l'entomologie
Et de la physiologie.
— Savant aimable en action,
Et jardinier par aventure,
Avec volupté tu surprends
Tous les secrets de la nature
(Il n'en est pas d'indifférents),
Sur la greffe et sur la bouture
Que tu pratiques doctement.
— Tu nous apprends également
Que le rosier, ce bel arbuste,
Victime d'un destin injuste,
Humiliant et rigoureux,
Meurt quelquefois d'un mal affreux.
Oui, le rosier que rien n'égale,
Que chacun admire en passant,
En son printemps éblouissant
Est souvent atteint de la *galle*...
— Ses ennemis les pucerons
Viennent se joindre aux hannetons
Pour lui faire mainte blessure,

Que chenilles et papillons
Enveniment outre mesure.

Ne parlons plus des limaçons.

Je frémis d'horreur quand je pense
A ces insectes meurtriers,
Maudite et prolifique engeance
Se ruant ainsi par milliers
Sur la rose et sur les rosiers.

— Ici la cétoine dorée
En secret t'a mordue au cœur,
Rose éclatante de fraîcheur !
Alors flétrie et déchirée
Tu te consumes de langueur.
C'est le destin, nous dit l'auteur.
Acceptons cette loi cruelle,
En nous souvenant qu'ici-bas
Tout renaît ou se renouvelle :
L'homme seul ne reverdit pas,
Mais en lui l'âme est immortelle,
S'il se plaint, que ce soit bien bas.

Pensée élevée, éloquente,
Faite pour ravir le lecteur !

— Ailleurs, d'une façon charmante,
Tu nous peins un horticulteur
Qui se dessèche, dans l'attente
Non d'un trésor, mais d'une fleur ;

D'une fleur, il est vrai, nouvelle,
Et qui lui promet d'être belle.

— Le lendemain notre amateur
Doit — un bouton le lui révèle —
La voir en pleine floraison.
La nuit, éclôra le bouton...
Un oiseau vient qui se balance
Sur la tige — et dans ses ébats
Sans le savoir la brise, hélas !
C'en est fait, adieu l'espérance !
Le chagrin succède au plaisir ;
L'amateur ne voit rien fleurir.

Alors de ton âme attendrie
Déborde la philosophie.
Dans l'amertume de ton cœur,
Devant le néant de la vie
Ta voix soudain s'élève et crie :

Amis, sur la terre, au bonheur
Comment oser jamais prétendre ?
Le plaisir s'y change en douleur.
Le bonheur, on a beau l'attendre ;
Il se promet, et voilà tout ;
La déception est au bout
Pour empoisonner l'existence.
L'espoir qui trompe la souffrance,
Le doux espoir toujours debout,
Qui fait l'effet d'un joli conte
A l'usage des malheureux,

Sur le bonheur est un à-compte ;
Et du bonheur combien d'entre eux,
O ciel ! je le dis à ta honte,
N'auront que cet à-compte là.

— Encore un mot — pourquoi cela ?
Ce long fatras devait suffire :
J'étais enchanté de te lire
Mais j'ai tremblé jusqu'à la fin ;
C'est singulier, quand on admire
Le livre autant que l'écrivain.
Je me disais, non sans sourire :
« Pour montrer avec vérité
« Qu'ici-bas tout est vanité ;
« Que la Rose aussi nous rappelle
« Cet axiome incontesté :
« La Rose si fraîche et si belle !
« L'auteur philosophe osera
« Dans le dernier de ses chapitres
« Et sans user d'*et cætera*,
« D'un coup de poing casser les vitres ;
« De son héroïne il dira... »

Non, tu n'as pas voulu l'écrire,
Ce cruel, cet ignoble mot,
Véritable terme d'argot ;
Tu le tais, loin de le redire,
Laissant à quelque malotru,
Ou sans-culotte aimant à rire,
Le triste plaisir de nous dire :
Lorsque la rose a trop vécu,
O douleur, ô destin étrange !

Cette reine des fleurs se change,
Elle se change en gratte-...

— Artiste, à côté de ta prose
Placer mes vers en bouche-trous,
C'est clouer, soit dit entre nous,
L'épine à côté de la rose.

Si je t'en crois, dans mon printemps,
« J'étais gai, pimpant et pas bête,
« J'étais mieux encor ! » — Je m'arrête.
Hélas ! je suis avec le temps
Devenu vieux, stupide et sombre.
S'il est des rosiers remontants,
Pour moi je ne suis pas du nombre.

PARIS. — IMP. V. GOUPY ET Cᵉ, RUE GARANCIÈRE, 5.

www.ingramcontent.com/pod-product-compliance
Lightning Source LLC
LaVergne TN
LVHW012017170826
845678LV00004BA/1521

* 9 7 8 2 3 2 9 6 2 5 4 5 4 *